f.chauveau del. Lalouette fecit.

ATYS

A T Y S,

TRAGEDIE
EN MVSIQVE.
ORNE'E
D'ENTRE'ES DE BALLET,
de Machines, & de Changements
de Theatre.

Repreſentée devant Sa Majeſté à Saint Germain
en Laye, le dixiéme jour de Janvier 1676.

A PARIS,
Par CHRISTOPHE BALLARD, ſeul Jmprimeur
du Roy, pour la Muſique, ruë Saint Jean
de Beauvais, au Mont Parnaſſe.

M. DC. LXXVI.
Par exprés Commandement de Sa Majeſté.

Bᵉ Z le Senne. 11.951

ACTEURS
DU PROLOGUE.

E TEMPS. Monfieur de Beaumaviele.

Les douze Heures du Jour.

Mefdemoifelles de Ste Colombe, & Caillot. Les Sieurs Lanneau , & David Pages. Meffieurs Gillet, Renier, Frizon, Godechot, Beaupuits, Ribon, du Mefnil, & Seguin.

Les douze Heures de la Nuit.

Mefdemoifelles André & Piefche. Les Sieurs de Lorme, & Paifible pages. Meffieurs Langeais, Datys, Buffequin, Miracle, Huart, Jollain, Foreftier & Aubin.

LA DEESSE FLORE. Mademoifelle Verdier.

VN ZEPHIR. Monfieur de la Grille.

Troupe de Nymphes chantantes de la fuite de Flore.

Meffieurs de Maffe, du Tartre, du Four, Marolle, Vaïffe & Servant.

* ij

Suivans de Flore dançans.

Messieurs Favier l'aisné, Lestang l'aisné, Faüre, & Magny.

Nymphes dançantes.

Messieurs Bouteville, & Pecour.

MELPOMENE, *Muse Tragique.*
Mademoiselle Beaucreux.

Heros chantants de la suite de Melpomene.

Messieurs de Beaumont, Bony, Deschamps, Gaudin, Liron, & Martial.

Heros combatans & dançants de la suite de Melpomene.

HERCVLE. Le Sieur Faüre.
ANTÆE. Le Sieur Renier.
CASTOR. Le Sieur Foignart l'aisné.
POLLVX. Le Sieur Foignart cadet.
LYNCE'E. Monsieur Dolivet.
IDAS. Le Sieur le Chantre.
ETHEOCLE. Le Sieur Barazé.
POLYNICE. Le Sieur Dolivet l'aisne.

LA DEESSE IRIS. Mademoiselle Des-Fronteaux.

PROLOGVE.

PROLOGVE.

Le Theatre represente le Palais du Temps,
où ce Dieu paroist au milieu des douze
Heures du Jour, & des douze
Heures de la Nuit.

LE TEMPS.

*N vain j'ay respecté la celebre memoire*
Des Heros des siecles passez ;
C'est en vain que leurs Noms si fameux dans l'Histoire,
Du sort des noms communs ont esté dispensez :
Nous voyons un HEROS dont la brillante gloire
Les a presque tous effacez.

Chœur des Heures.

Ses justes Loix,
Ses grands Exploits
Rendent sa memoire éternelle :
** *

PROLOGUE.

Chaque Jour, chaque Inſtant
Adjouſte encor à ſon Nom eſclattant
Vne gloire nouvelle.

La Déeſſe Flore conduite par un des Zephirs
s'avance avec une Troupe de Nymphes qui
portent divers ornements de Fleurs.

LE TEMPS.

La Saiſon des frimas peut-elle nous offrir
Les Fleurs que nous voyons paraiſtre?
Quel DIEu les fait renaiſtre
Lorſque l'Hyver les fait mourir?

Le Froid cruel regne encore ;
Tout eſt glacé dans les champs,
D'où vient que Flore
Devance le Printemps?

FLORE.

Quand j'attens les beaux Jours, je viens toûjours
trop tard,
Plus le Printemps s'avance, & plus il m'eſt côtraire ;
Son retour preſſe le départ
Du HEROS à qui je veux plaire.

Pour luy faire ma cour, mes ſoins ont entrepris
De braver deſormais l'Hyver le plus terrible,
Dans l'ardeur de luy plaire on a bien-toſt apris
A ne rien trouver d'impoſſible.

PROLOGUE.

LE TEMPS & FLORE.

Les Plaisirs à ses yeux ont beau se presenter,
Si-tost qu'il voit Bellone, il quitte tout pour elle ;
   Rien ne peut l'arrester
   Quand la Gloire l'appelle.

Le Chœur des Heures repete ces deux derniers Vers.

La Suite de Flore commence des Ieux meslez de Dances & de Chants.

UN ZEPHIR.

LE Printemps quelquefois est moins doux qu'il
   ne semble,
   Il fait trop payer ses beaux Jours ;
Il vient pour escarter les Jeux & les Amours,
   Et c'est l'Hyver qui les rassemble.

MELPOMENE qui est la Muse qui preside à la Tragedie, vient accompagnée d'une Troupe de Heros, elle est suivie d'Hercule, d'Antæe, de Castor, de Pollux, de Lincée, d'Idas, d'Eteocle, & de Polinice.

MELPOMENE parlant à Flore.

REtirez-vous, cessez de prevenir le Temps ;
   Ne me desrobez point de precieux instants :
   La puissante Cybele

               ** ij

PROLOGUE.

Pour honorer Atys qu'elle a privé du jour,
Veut que je renouvelle
Dans une illustre Cour
Le souvenir de son amour.

Que l'agrément rustique
De Flore & de ses Jeux,
Cede à l'appareil magnifique
De la Muse tragique,
Et de ses Spectacles pompeux.

La Suite de Melpomene prend la place de la Suite de Flore.

Les Heros recommencent leurs anciennes querelles.

HERCVLE combat & lutte contre Antæe, Castor & Pollux combattent contre Lyncée & Idas, & Eteocle combat contre son Frere Polynice.

IRIS, par l'ordre de Cybele, descend assise sur son Arc, pour accorder Melpomene & Flore.

IRIS parlant à MELPOMENE.

Cybele veut que Flore aujourd'huy vous seconde.
Il faut que les Plaisirs viennent de toutes parts,
Dans l'Empire puissant, où regne un nouveau
MARS,
Ils n'ont plus d'autre asile au monde.

PROLOGUE

Rendez-vous, s'il se peut, dignes de ses regards ;
Joignez la beauté vive & pure
Dont brille la Nature,
Aux ornements des plus beaux Arts.

Iris remonte au Ciel sur son Arc, & la Suite
de Melpomene s'accorde avec la Suite de Flore.

MELPOMENE & FLORE.

Rendons-nous, s'il se peut, dignes de ses regards ;
Joignons la beauté vive & pure
Dont brille la Nature,
Aux ornements des plus beaux Arts.

LE TEMPS, & le Chœur
des Heures.

Preparez de nouvelles Festes,
Profitez du loisir du plus grand des Heros ;

LE TEMPS, MELPOMENE
& FLORE.

Preparez
Preparons } *de nouvelles Festes*

Profitez
Profitons } *du loisir du plus grand des HEROS.*

PROLOGUE.

Tous enfemble.

Le temps des Jeux, & du repos,
Luy fert à mediter de nouvelles Conqueftes.

Fin du Prologue.

ACTEVRS

DE LA TRAGEDIE.

A TYS, *Parent de Sangaride, & Favory de Celænus Roy de Phrygie.* Monſieur Clediere.

IDAS, *Amy d'Atys, & frere de la Nymphe Doris.* Monſieur Morel.

SANGARIDE. *Nymphe, fille du Fleuve Sangar.* Mademoiſelle Aubry.

DORIS, *Nymphe, amie de Sangaride, & ſœur d'Idas.* Mademoiſelle Brigogne.

Chœur de Phrygiens & de Phrygiennes.

Troupe de Phrygiens & de Phrygiennes qui dancent à la feſte de Cybele.

LA DEESSE CYBELE. Mademoiſelle de Saint Chriſtophe.

MELISSE, *Confidente & Preſtreſſe de Cybele.* Mademoiſelle Bony.

Troupe de Preſtreſſes de Cybele.

CELÆNUS, *Roy de Phrygie, fils de Neptune, & Amant de Sangaride.* Monſieur Gaye.

Troupe de Suivants de Celænus.

Troupe de Zephirs chantants, dançants, & volants.

Chœur & Troupe de Peuples differents qui viennent à la feste de Cybele.

LE DIEU DU SOMMEIL.

MORPHE'E.

PHOBETOR.

PHANTASE.

Troupe de Songes agreables.

Troupe de Songes funestes.

LE DIEU DU FLEUVE SANGAR, *Pere de Sangaride.* Monsieur Goudonesche.

Troupe de Dieux de Fleuves, & de Ruisseaux, & de Nymphes de Fontaines, qui chantent & qui dancent.

ALECTON. Le sieur Dauphin.

Troupe de Divinitez des Bois & des Eaux.

Troupe de Corybantes.

La Scene est en Phrygie.

ATYS.

ATYS,

TRAGEDIE.

ACTE PREMIER.

Le Theatre represente une Montagne
consacrée a Cybele.

SCENE PREMIERE.

ATYS.

Llons, allons, accourez tous,
Cybele va descendre.
Trop heureux Phrygiens, venez icy
l'attendre.

A

Mille Peuples seront jaloux
Des faveurs que sur nous
Sa bonté va répandre.

SCENE SECONDE.

IDAS, ATYS.

Allons, allons, accourez tous,
Cybele va descendre.

ATYS.

Le Soleil peint nos champs des plus vives couleurs,
Il a seché les pleurs
Que sur l'émail des prez a répandu l'Aurore;
Et ses rayons nouveaux ont déja fait éclorre
Mille nouvelles fleurs.

IDAS.

Vous veillez, lorsque tout sommeille;
Vous nous éveillez si matin,
Que vous ferez croire à la fin
Que c'est l'Amour qui vous éveille.

ATYS.

Non, tu dois mieux juger du party que je prens.
Mon cœur veut fuir toûjours les soins & les misteres;
J'aime l'heureuse paix des cœurs indifferents;

Si leurs plaifirs ne font pas grands,
Au moins leurs peines font legeres.

IDAS.

Toft ou tard l'Amour eft vainqueur,
En vain les plus fiers s'en deffendent,
On ne peut refufer fon cœur
A de beaux yeux qui le demandent.
Atys, ne feignez plus, je fçais voftre fecret.
Ne craignez rien, je fuis difcret.
Dans un bois folitaire & fombre,
L'indifferent Atys fe croyoit feul, un jour;
Sous un feüillage épais où je refvois à l'ombre,
Je l'entendis parler d'amour.

ATYS.

Si je parle d'amour, c'eft contre fon empire,
J'en fais mon plus doux entrcticn.

IDAS.

Tel fe vante de n'aymer rien,
Dont le cœur en fecret foûpire.
J'entendis vos regrets, & je les fçais fi bien
Que fi vous en doutez je vais vous les redire.

Amans qui vous plaignez, vous eftes trop heureux :
Mon cœur de tous les cœurs eft le plus amoureux,
Et tout prés d'expirer je fuis reduit à feindre ;
Que c'eft un tourment rigoureux
De mourir d'amour fans fe plaindre !
Amans qui vous plaignez, vous eftes trop heureux.

ATYS.

Idas, il eſt trop vray, mon cœur n'eſt que trop tendre,
L'Amour me fait ſentir ſes plus funeſtes coups.
Qu'aucun autre que toy n'en puiſſe rien apprendre.

SCENE TROISIESME.

SANGARIDE, DORIS, ATYS, IDAS.

SANGARIDE, & DORIS.

Llons, allons, accourez, tous,
Cybele va deſcendre.

SANGARIDE.

Que dans nos concerts les plus doux,
Son nom ſacré ſe faſſe entendre.

ATYS.

Sur l'Vnivers entier ſon pouvoir doit s'étendre.

SANGARIDE.

Les Dieux ſuivent ſes loix & craignent ſon cou-
roux.

ATYS, SANGARIDE, IDAS, DORIS.

Quels honneurs ! quels reſpects ne doit-on point luy
rendre ?
    Allons, allons, accourez, tous,
    Cybele va deſcendre.

SANGARIDE.

Escoutons les oyseaux de ces bois d'alentour,
Ils remplissent leurs chants d'une douceur nouvelle.
On diroit que dans ce beau jour,
Ils ne parlent que de Cybele.

ATYS.

Si vous les écoutez, ils parleront d'amour.
Un Roy redoutable,
Amoureux, aimable,
Va devenir vostre espoux ;
Tout parle d'amour pour vous.

SANGARIDE.

Il est vray, je triomphe, & j'aime ma victoire.
Quand l'Amour fait regner, est-il un plus grand
bien ?
Pour vous, Atys, vous n'aimez rien,
Et vous en faites gloire.

ATYS.

L'Amour fait trop verser de pleurs ;
Souvent ses douceurs sont mortelles :
Il ne faut regarder les Belles
Que comme on voit d'aimables fleurs.
J'aime les Roses nouvelles,
J'aime à les voir s'embellir,
Sans leurs épines cruelles,
J'aimerois à les cüeillir.

ATYS

SANGARIDE.

Quand le peril est agreable,
Le moyen de s'en allarmer?
Est-ce un grand mal de trop aimer
Ce que l'on trouve aimable?
Peut-on estre insensible aux plus charmans appas?

ATYS.

Non vous ne me connoissez pas.
Je me deffens d'aimer autant qu'il m'est possible;
Si j'aimois, un jour, par malheur,
Je connoy bien mon cœur
Il seroit trop sensible.
Mais il faut que chacun s'assemble prés de vous,
Cybele pourroit nous surprendre.

ATYS, & IDAS.

Allons, allons, accourez tous,
Cybele va descendre.

SCENE QUATRIESME.

SANGARIDE, DORIS.

SANGARIDE.

A Tys est trop heureux.

DORIS.

L'amitié fut toûjours égale entre vous deux,

Et le sang d'assez prés vous lie :
Quel que soit son bon-heur, luy portez-vous envie ?
Vous, qu'aujourd'huy l'Hymen avec de si beaux
    nœuds
    Doit unir au Roy de Phrygie ?

SANGARIDE.

    Atys, est trop heureux.
Souverain de son cœur, maistre de tous ses vœux,
    Sans crainte, sans melancolie,
Il joüit en repos des beaux jours de sa vie ;
Atys ne connoist point les tourmens amoureux,
    Atys est trop heureux.

DORIS.

Quel mal vous fait l'Amour ? vostre chagrin m'e-
    stonne.

SANGARIDE.

Je te fie un secret qui n'est sceu de personne.
    Je devrois aimer un Amant
      Qui m'offre une Couronne ;
      Mais, helas ! vainement
      Le Devoir me l'ordonne,
      L'Amour, pour mon tourment,
      En ordonne autrement.

DORIS.

Aimeriez-vous Atys, luy dont l'indifference
Brave avec tant d'orgueil l'Amour & sa puissance ?

SANGARIDE.

J'aime, Atys, en secret, mon crime, est sans témoins.
Pour vaincre mon amour, je mets tout en usage,
J'appelle ma raison, j'anime mon courage;
    Mais à quoy servent tous mes soins?
    Mon cœur en souffre davantage,
    Et n'en aime pas moins.

DORIS.

    C'est le commun deffaut des Belles.
    L'ardeur des conquestes nouvelles
Fait negliger les cœurs qu'on a trop tost charmez,
Et les Indifferents sont quelquefois aimez
    Aux dépens des Amants fidelles.
Mais vous vous exposez à des peines cruelles.

SANGARIDE.

Toûjours aux yeux d'Atys je seray sans appas;
Je le sçay, j'y consens, je veux, s'il est possible,
    Qu'il soit encor plus insensible;
S'il me pouvoit aimer, que deviendrois-je? helas!
C'est mon plus grand bon-heur qu'Atys ne m'aime
    pas.
Je pretens estre heureuse, au moins, en apparence;
Au destin d'un grand Roy je me vais attacher.

SANGARIDE, & DORIS.

Un amour malheureux dont le devoir s'offence,
    Se doit condamner au silence;

Un amour malheureux qu'on nous peut reprocher,
Ne fçauroit trop bien se cacher.

SCENE CINQUIESME.

ATYS, SANGARIDE, DORIS.

ATYS.

ON voit dans ces campagnes
Tous nos Phrygiens s'avancer.

DORIS.

Je vais prendre soin de presser
Les Nymphes nos Compagnes.

SCENE SIXIESME.

ATYS, SANGARIDE.

ATYS.

SAngaride, ce jour est un grand jour pour vous.

SANGARIDE.

Nous ordonnons tous deux la feste de Cybele,
L'honneur est égal entre nous.

ATYS.

Ce jour mesme, un grand Roy doit estre vostre espoux,
Je ne vous vis jamais si contente & si belle ;

B

Que le fort du Roy fera doux !

SANGARIDE.

L'indifferent Atys n'en fera point jaloux.

ATYS.

Vivez tous deux contens, c'eft ma plus chere envie;
J'ay preffé voftre hymen, j'ay fervy vos amours.
Mais enfin ce grand jour, le plus beau de vos jours,
Sera le dernier de ma vie.

SANGARIDE.

O dieux !

ATYS.

Ce n'eft qu'à vous que je veux reveler
Le fecret defespoir où mon malheur me livre;
Je n'ay que trop fceu feindre, il eft temps de parler;
Qui n'a plus qu'un moment à vivre,
N'a plus rien à diffimuler.

SANGARIDE.

Je fremis, ma crainte eft extrefme;
Atys, par quel malheur faut-il vous voir perir?

ATYS.

Vous me condamnerez vous mefme,
Et vous me laifferez mourir.

SANGARIDE.

J'armeray, s'il le faut, tout le pouvoir fuprefme....

ATYS.
Non, rien ne me peut secourir,
Je meurs d'amour pour vous, je n'en sçaurois guerir.

SANGARIDE.
Quoy? vous?

ATYS.
Il est trop vray.

SANGARIDE.
Vous m'aimez?

ATYS.
Je vous aime.
Vous me condamnerez vous mesme,
Et vous me laisserez mourir.
J'ay merité qu'on me punisse,
J'offence un Rival genereux,
Qui par mille bien-faits a prevenu mes vœux :
Mais je l'offence en vain, vous luy rendez justice ;
Ah! que c'est un cruel suplice
D'avoüer qu'un Rival est digne d'estre heureux !
Prononcez mon arrest, parlez sans vous con-
traindre.

SANGARIDE.
Helas !

ATYS.
Vous soûpirez ? je voy couler vos pleurs ?
D'un malheureux amour plaignez-vous les dou-
leurs ?

B ij

ATYS

SANGARIDE.

Atys, que vous seriez à plaindre
Si vous sçaviez tous vos malheurs !

ATYS.

Si je vous pers, & si je meurs,
Que puis-je encore avoir à craindre ?

SANGARIDE.

C'est peu de perdre en moy ce qui vous a charmé,
Vous me perdez, Atys, & vous estes aimé.

ATYS.

Aimé ! qu'entens-je ? ô Ciel ! quel aveu favorable !

SANGARIDE.

Vous en serez plus miserable.

ATYS.

Mon malheur en est plus affreux,
Le bonheur que je pers doit redoubler ma rage ;
Mais n'importe, aimez-moy, s'il se peut, d'avan-
tage,
Quand j'en devrois mourir cent fois plus malheu-
reux.

SANGARIDE.

Si vous cherchez la mort, il faut que je vous suive ;
Vivez, c'est mon amour qui vous en fait la loy.

ATYS.

Hé comment ! hé pourquoy
Voulez-vous que je vive,
Si vous ne vivez pas pour moy ?

ATYS & SANGARIDE.

Si l'Hymen unissoit mon destin & le vostre,
Que ses nœuds auroient eû d'attraits !
L'Amour fit nos cœurs l'un pour l'autre,
Faut-il que le devoir les separe à jamais ?

ATYS.

Devoir impitoyable !
Ah quelle cruauté !

SANGARIDE.

On vient, feignez encor, craignez d'estre écouté.

ATYS.

Aimons un bien plus durable
Que l'éclat de la Beauté :
Rien n'est plus aimable
Que la liberté.

SCENE SEPTIESME.

ATYS, SANGARIDE, DORIS, IDAS.
Chœur de Phrygiens chantans. Chœur de
Phrygiennes chantantes. Troupe de Phrygiens dançans. Troupe de Phrygiennes dançantes.

Dix Hommes Phrygiens chantans conduits par Atys
Meſſieurs Deſtival, Bernard, Frizon, Roſſignol,
Jolain, Gaudin, Miracle, Godechot,
Huart, & Lanneau page.

Dix Femmes Phrygiennes chantātes conduites par Sangaride.
Meſdemoiſelles Des-Fronteaux, Pieſche, Caliot,
André, & Sainte Colombe.
Meſſieurs Langez, Ribon, Buffequin, d'Athis,
& David.

Six Phrygiens dançans.
Meſſieurs Chicanneau, Favier l'aiſné, Magny,
Leſtang l'aiſné, Faüre, & Pecour.

Six Nimphes Phrygiennes dançantes.
Meſſieurs Noblet, Arnal, Bonard, Bouteville,
Leſtang cadet, & du Mirail.

A T Y S.

M*Ais déja de ce Mont ſacré*
Le ſommet paroiſt éclairé
D'une ſplendeur nouvelle.
S A N G A R I D E s'avançant vers la Montagne.
La Déeſſe deſcend, allons au devant d'elle.
A T Y S & S A N G A R I D E.

Commençons, commençons
De celebrer icy ſa feſte ſolemnelle,
Commençons, commençons
Nos Jeux & nos Chanſons.
Le Chœur repete ces deux derniers Vers.
A T Y S & S A N G A R I D E.
Il eſt temps que chacun faſſe éclater ſon Zele.

Venez, Reine des Dieux, venez,
Venez, favorable Cybele.

Les Chœurs repetent ces deux derniers Vers.

ATYS.

Quittez voſtre Cour immortelle,
Choiſiſſez ces lieux fortunez
Pour voſtre demeure éternelle.

Les Chœurs.

Venez, Reine des Dieux, venez.

SANGARIDE.

La Terre ſous vos pas va devenir plus belle
Que le ſejour des Dieux que vous abandonnez.

Les Chœurs.

Venez, favorable Cybele.

ATYS & SANGARIDE.

Venez voir les Autels qui vous ſont deſtinez.

ATYS, SANGARIDE, IDAS, DORIS,
& les Chœurs.

Ecoutez un Peuple fidelle
Qui vous appelle,
Venez, Reine des Dieux, venez,
Venez, favorable Cybele.

❀✿❀✿❀✿❀✿❀✿❀✿❀✿❀✿❀✿❀✿❀✿❀✿❀✿❀✿ ✿✿

SCENE HUITIESME.

LA Déeſſe Cybele paroiſt ſur ſon Char, &
les Phrygiens & les Phrygiennes luy témoi-
gnent leur joye & leur reſpect.

CYBELE sur son Char.

Enez tous dans mon Temple, & que chacun revere
Le Sacrificateur dont je vais faire choix :
Je m'expliqueray par sa voix,
Les vœux qu'il m'offrira seront seurs de me plaire.
Je reçoy vos respects ; j'aime à voir les honneurs
Dont vous me presentez un éclatant hommage.
Mais l'hommage des Cœurs
Est ce que j'aime davantage.
Vous devez vous animer
D'une ardeur nouvelle,
S'il faut honorer Cybele,
Il faut encor plus l'aimer.

CYBELE portée par son Char volant, se va rendre dans son Temple. Tous les Phrygiens s'empressent d'y aller, & repetent les quatre derniers Vers que la Déesse a prononcez.

Les Chœurs.

Nous devons nous animer
D'une ardeur nouvelle,
S'il faut honorer Cybele,
Il faut encor plus l'aimer.

Fin du premier Acte.

ACTE

ACTE SECOND.

Le Theatre change & represente
le Temple de Cybele.

SCENE PREMIERE.

CELÆNVS Roy de Phrygie. ATYS,
Suivans de Celænus.

CELÆNUS.

N'*Avancez pas plus loin, ne suivez point*
mes pas ;
Sortez. Toy ne me quitte pas.
Atys, il faut attendre icy que la Déesse
Nomme un grand Sacrificateur.

ATYS.

Son choix sera pour vous, Seigneur ; quelle tristesse
Semble avoir surpris vostre cœur ?

C

CELÆNUS.

Les Roys les plus puiſſans connoiſſent l'importance
   D'un ſi glorieux choix :
Qui pourra l'obtenir eſtendra ſa puiſſance
Par tout où de Cybele on revere les loix.

ATYS.

Elle honore aujourd'huy ces lieux de ſa preſence,
C'eſt pour vous preferer aux plus puiſſans des Roys.

CELÆNUS.

Mais quand j'ay veu tantoſt la Beauté qui m'enchante,
N'as-tu point remarqué comme elle eſtoit trem-
 blante ?

ATYS.

A nos jeux, à nos chants, j'eſtois trop appliqué,
Hors la feſte, Seigneur, je n'ay rien remarqué.

CELÆNUS.

Son trouble m'a ſurpris. Elle t'ouvre ſon ame ;
N'y découvres-tu point quelque ſecrette flâme ?
Quelque Rival caché ?

ATYS.

    Seigneur, que dites-vous ?

CELÆNUS.

Le ſeul nom de rival allume mon couroux.
J'ay bien peur que le Ciel n'ait pû voir ſans envie
   Le bonheur de ma vie,

Et si j'eſtois aimé mon ſort ſeroit trop doux.
Ne t'eſtonnes point tant de voir la jalouſie
    Dont mon ame eſt ſaiſie,
On ne peut bien aimer ſans eſtre un peu jaloux.

ATYS.

Seigneur, ſoyez content, que rien ne vous allar-
me;
L'Hymen va vous donner la Beauté qui vous
charme,
    Vous ſerez ſon heureux Eſpoux.

CELÆNUS.

Tu peux me raſſeurer, Atys, je te veux croire,
    C'eſt ſon cœur que je veux avoir,
    Dy-moy s'il eſt en mon pouvoir?

ATYS.

Son cœur ſuit avec ſoin le Devoir & la Gloire,
Et vous avez pour vous la Gloire & le Devoir.

CELÆNUS.

Ne me déguiſe point ce que tu peux connaiſtre.
    Si j'ay ce que j'aime en ce jour
    L'Hymen ſeul m'en rend-t'il le maiſtre?
La Gloire & le Devoir auront tout fait, peut-eſtre,
Et ne laiſſent pour moy rien à faire à l'Amour.

ATYS.

Vous aimez d'un amour trop delicat, trop tendre.
                C ij

CELÆNUS.

L'indifferent Atys ne le sçauroit comprendre.

ATYS.

Qu'un Indifferent est heureux !
Il joüit d'un destin paisible.
Le Ciel fait un present bien cher, bien dangereux,
Lorsqu'il donne un cœur trop sensible.

CELÆNUS.

Quand on aime bien tendrement
On ne cesse jamais de souffrir, & de craindre ;
Dans le bonheur le plus charmant,
On est ingenieux à se faire un tourment,
Et l'on prend plaisir à se plaindre.
Va songe à mon hymen, & voy si tout est prest,
Laisse-moy seul icy, la Deesse paraist.

SCENE SECONDE.

CYBELE, CELÆNVS, MELISSE,
Troupe de Prestresses de Cybele.

CYBELE.

JE veux joindre en ces lieux la gloire & l'abon-
dance,
D'un Sacrificateur je veux faire le choix,
Et le Roy de Phrygie auroit la preference
Si je voulois choisir entre les plus grands Roys.

Le puiſſant Dieu des flots vous donna la naiſſance,
Un Peuple renommé s'eſt mis ſous voſtre loy ;
Vous avez ſans mon choix, d'ailleurs, trop de
     puiſſance,
Je veux faire un bonheur qui ne ſoit dû qu'à moy.
Vous eſtimez Atys, & c'eſt avec juſtice,
Je pretens que mon choix à vos vœux ſoit propice,
     C'eſt Atys que je veux choiſir.

CELÆNUS.

J'aime Atys, & je voy ſa gloire avec plaiſir.
     Je ſuis Roy, Neptune eſt mon pere,
J'eſpouſe une Beauté qui va combler mes vœux :
     Le ſouhait qui me reſte à faire,
C'eſt de voir mon Amy parfaitement heureux.

CYBELE.

Il m'eſt doux que mon choix à vos deſirs réponde ;
     Une grande Divinité
     Doit faire ſa felicité
     Du bien de tout le monde.
Mais ſur tout le bonheur d'un Roy chery des Cieux
     Fait le plus doux plaiſir des Dieux.

CELÆNUS.

Le ſang aproche Atys de la Nymphe que j'aime,
     Son merite l'égale aux Roys :
     Il ſoûtiendra mieux que moy-meſme
         La majeſté ſupreſme
         De vos divines loix.
     Rien ne pourra troubler ſon Zele,

Son cœur s'est conservé libre jusqu'à ce jour ;
Il faut tout un cœur pour Cybele,
A peine tout le mien peut suffire à l'Amour.

CYBELE.

Portez à vostre Amy la premiere nouvelle
De l'honneur éclatant où ma faveur l'appelle.

SCENE TROISIESME.
CYBELE, MELISSE.

CYBELE.

Tu t'estonnes, Melisse, & mon choix te surprend?

MELISSE.

Atys vous doit beaucoup, & son bonheur est grand.

CYBELE.

J'ay fait encor pour luy plus que tu ne peux croire.

MELISSE.

Est-il pour un Mortel un rang plus glorieux?

CYBELE.

Tu ne vois que sa moindre gloire ;
Ce Mortel dans mon cœur est au dessus des Dieux.
Ce fut au jour fatal de ma derniere Feste
Que de l'aimable Atys je devins la conqueste :

Je partis à regret pour retourner aux Cieux,
Tout m'y parût changé, rien n'y pleût à mes yeux.
Je sens un plaisir extréme
A revenir dans ces lieux ;
Où peut-on jamais estre mieux,
Qu'aux lieux où l'on voit ce qu'on aime.

MELISSE.

Tous les Dieux ont aimé, Cybele aime à son tour.
Vous méprisiez trop l'Amour,
Son nom vous sembloit étrange,
A la fin il vient un jour
Où l'Amour se vange.

CYBELE.

J'ay crû me faire un cœur maistre de tout son fort,
Un cœur toûjours exempt de trouble & de tendresse.

MELISSE.

Vous braviez à tort
L'Amour qui vous blesse ;
Le cœur le plus fort
A des momens de foiblesse.
Mais vous pouviez aimer, & descendre moins
bas.

CYBELE.

Non, trop d'égalité rend l'amour sans appas.
Quel plus haut rang ay-je à pretendre ?

Et dequoy mon pouvoir ne vient-il point à bout ?
Lors qu'on est au dessus de tout,
On se fait pour aimer un plaisir de descendre.
Je laisse aux Dieux les biens dans le Ciel preparez,
Pour Atys, pour son cœur, je quitte tout sans peine,
S'il m'oblige à descendre, un doux penchant m'en-
traîne ;
Les cœurs que le Destin a le plus separez,
Sont ceux qu'Amour unit d'une plus forte chaîne.
Fay venir le Sommeil ; que luy-mesme en ce jour,
Prenne soin icy de conduire
Les Songes qui luy font la Cour ;
Atys ne sçait point mon amour,
Par un moyen nouveau je pretens l'en instruire.

Melisse se retire.

CYBELE.

Que les plus doux Zephirs, que les Peuples divers,
Qui des deux bouts de l'Univers
Sont venus me montrer leur zele,
Celebrent la gloire immortelle
Du Sacrificateur dont Cybele a fait choix,
Atys doit dispenser mes loix,
Honorez le choix de Cybele.

SCENE

SCENE QVATRIESME.

LEs Zephirs paroiſſent dans une gloire élevée
& brillante. Les Peuples differens qui ſont
venus à la feſte de Cybele entrent dans le Temple,
& tous enſemble s'efforcent d'honorer Atys, qui
vient reveſtu des habits de grand Sacrificateur.

Cinq Zephirs dançans dans la Gloire.
Les Sieurs Prevoſt, Chaalons, Chevalier,
Nivelon, & Volinié.

Huit Zephirs joüants du Haut-bois & des Cromornes,
dans la Gloire.

Cinq Zephirs joüants du Haut-bois. Les Sieurs Louis
Hottere, Collin Hotterre, Jeannot Hottere,
Jean Hottere, & Nicolas Hottere.

Trois Cromornes joüants dans la Gloire. Philidor l'aiſné,
Philidor cadet, & Plumet.

Troupe de Peuples differens chantans qui accompagnent Atys.
Meſſieurs Bony, Baumont, Rebel, Gillet, David,
Roſſignol, Taulet, Deſchamps, Gaudin, Beaupuits,
Jollain, Servant, Vaïſſe, Martial, Huart, Lyron,
Malte, & Regnier. Meſdemoiſelles Caillot, &
Sainte Colombe. Lanneau, de Lorme, Paiſible,
& David pages.

Six Indiens & ſix Egiptiens dançans.
Six Indiens. Meſſieurs Chicanneau, Joubert, Favier
cadet, Germain, Mayeux, & Coudu.
Six Egiptiens. Meſſieurs Noblet, Chauveau, Arnal,
Debenne, Vagnard, & Dumirail.

D

Chœurs des Peuples & des Zephirs.

CElebrons la gloire immortelle
Du Sacrificateur dont Cybele a fait choix:
Atys doit difpenfer fes loix,
Honorons le choix de Cybele.

Que devant Vous tout s'abaiffe, & tout tremble;
Vivez heureux, vos jours font noftre efpoir:
Rien n'eft fi beau que de voir enfemble
Un grand merite avec un grand pouvoir.
Que l'on beniffe
Le Ciel propice,
Qui dans vos mains
Met le fort des Humains.

ATYS.

Indigne que je fuis des honneurs qu'on m'adreffe,
Je dois les recevoir au nom de la Déeffe;
J'ofe, puis qu'il luy plaift, luy prefenter vos vœux:
Pour le prix de voftre Zele,
Que la puiffante Cybele
Vous rende à jamais heureux.

Chœurs des Peuples & des Zephirs.

Que la puiffante Cybele
Nous rende à jamais heureux.

Fin du fecond Acte.

ACTE TROISIESME.

Le Theatre change & represente le Palais du grand Sacrificateur de Cybele.

SCENE PREMIERE.

A T Y S feul.

Ue servent les faveurs que nous fait la Fortune
Quãd l'Amour nous rend malheureux ?
Je pers l'unique bien qui peut combler mes vœux,
Et tout autre bien m'importune.
Que servent les faveurs que nous fait la Fortune
Quand l'Amour nous rend malheureux ?

D ij

SCENE SECONDE.

IDAS, DORIS, ATYS.

IDAS.

PEut-on icy parler sans feindre?

ATYS.

Je commande en ces lieux , vous n'y devez rien
craindre.

DORIS.

Mon frere est vostre amy,

IDAS.

Fiez-vous à ma sœur.

ATYS.

Vous devez avec moy partager mon bon-heur.

IDAS, & DORIS.

Nous venons partager vos mortelles allarmes ;
Sangaride les yeux en larmes
Nous vient d'ouvrir son cœur.

ATYS.

L'heure aproche où l'Hymen voudra qu'elle se livre
Au pouvoir d'un heureux espoux.

IDAS, & DORIS.

Elle ne peut vivre
Pour un autre que pour vous.

ATYS.

Qui peut la dégager du devoir qui la presse ?

IDAS, & DORIS.

Elle veut elle mesme aux pieds de la Deesse
Declarer hautement vos secretes amours.

ATYS.

Cybele pour moy s'interesse,
J'ose tout esperer de son divin secours....
Mais quoy, trahir le Roy ! tromper son esperance !
De tant de biens receus est-ce la recompense ?

IDAS, & DORIS.

Dans l'Empire amoureux
Le Devoir n'a point de puissance ;
L'Amour dispence
Les Rivaux d'estre genereux ;
Il faut souvent pour devenir heureux
Qu'il en couste un peu d'innocence.

ATYS.

Ie souhaite, je crains, je veux, je me repens.

IDAS, & DORIS.

Verrez-vous un rival heureux à vos dépens ?

ATYS.

Ie ne puis me resoudre à cette violence.

ATYS, IDAS, & DORIS.

En vain, un cœur, incertain de son choix,
Met en balance mille fois

ATYS

L'Amour & la Reconnoiſſance,
L'Amour toûjours emporte la balance.

ATYS.

Le plus juſte party cede enfin au plus fort.
Allez, prenez ſoin de mon ſort,
Que Sangaride icy ſe rende en diligence.

SCENE TROISIESME.

ATYS ſeul.

NOus pouvons nous flater de l'eſpoir le plus doux
Cybele & l'Amour ſont pour nous.
Mais du Devoir trahi j'entends la voix preſſante
Qui m'accuſe & qui m'épouvante.

Laiſſe mon cœur en paix, impuiſſante Vertu,
N'ay-je point aſſez combatu?
Quand l'Amour malgré toy me contraint à me
rendre,
Que me demandes tu?
Puiſque tu ne peux me deffendre,
Que me ſert-il d'entendre
Les vains reproches que tu fais?
Impuiſſante Vertu laiſſe mon cœur en paix.

Mais le Sommeil vient me ſurprendre,
Je combats vainement ſa charmante douceur.

Il faut laisser suspendre
Les troubles de mon cœur.

Atys descend.

SCENE QUATRIESME.

LE Theatre change & represente un Antre entouré de Pavots & de Ruisseaux, où le Dieu du Sommeil se vient rendre accompagné des Songes agreables & funestes.

ATYS dormant. LE SOMMEIL, MORPHE'E, PHOBETOR, PHANTASE, Les Songes agreables. Les Songes funestes.

Le Sommeil.	Monsieur Ribon.
Morphée.	Monsieur Langeais.
Phobetor.	Monsieur Frizon.
Phantase.	Monsieur de la Forest.

Deux Songes joüants de la Violle.

Messieurs Petit-Marais, & Theobaldes.

Deux Songes joüants du Theorbe.

Monsieur Dupré, & le Sieur Grenerin.

Six Songes joüants de la Flutte.

Messieurs Philbert, & Descotteaux. Les Sieurs Louis Hotterre, Colin Hotterre, Jeannot Hotterre, & Jean Hotterre.

Douze Songes funeſtes chantants.

Monſieur Goudonefche chantant ſeul.

Meſſieurs Deſtival, Bernard, Foreſtier, Jollain,
Miracle, Huart, Beaupuits, Vaïſſe,
Buffequin, Lyron, & Datys.

Seize Songes agreables & funeſtes dançans.

Huit Songes agreables dançants.

Meſſieurs Favier l'aiſné, Magny, de Leſtang l'aiſné,
de Leſtang cadet, Faüre, Bouteville,
Pecour, & Barazé.

Monſieur Beauchamp dance ſeul au milieu
des Songes funeſtes.

Huit Songes funeſtes dançants.

Meſſieurs Mayeux, Coudu, Deſmatins, Marchand,
Blondy, Regnier, Charlot & Favre.

LE SOMMEIL.

Dormons, dormons tous ;
Ah que le repos eſt doux !

MORPHE'E.

Regnez, divin Sommeil, regnez ſur tout le monde,
Répandez, vos pavots les plus aſſoupiſſans ;
Calmez les ſoins, charmez les ſens,
Retenez tous les cœurs dans une paix profonde.

PHOBETOR.

Ne vous faites point violence,
Coulez, murmurez, clairs Ruiſſeaux,
Il n'eſt permis qu'au bruit des eaux
De troubler la douceur d'un ſi charmant ſilence.

LE

TRAGEDIE.

LE SOMMEIL, MORPHE'E, PHOBETOR, & PHANTASE.

Dormons, dormons tous,
Ah que le repos est doux!

Les Songes agreables aprochent d'Atys, &
par leurs chants, & par leurs dances, luy font
connoistre l'amour de Cybele, & le bonheur
qu'il en doit esperer.

MORPHE'E.

Escoute, escoute Atys la gloire qui t'appelle,
Sois sensible à l'honeur d'estre aymé de Cybelle,
Joüis heureux Atys de ta felicité.

MORPHE'E, PHOBETOR, & PHANTASE.

Mais souvien-toy que la Beauté
Quand elle est immortelle,
Demande la fidelité
D'une amour éternelle.

PHANTASE.

Que l'Amour a d'attraits
Lors qu'il commence,
A faire sentir sa puissance,
Que l'Amour a d'attraits
Lors qu'il commence
Pour ne finir jamais.

Trop heureux un Amant
Qu'Amour exemte
Des peines d'une longue attente!

E

Trop heureux un Amant
Qu'Amour exemte
De crainte, & de tourment !

MORPHE'E.

Gouſte en paix chaque jour une douceur nouvelle,
Partage l'heureux ſort d'une Divinité,
Ne vante plus la liberté,
Il n'en eſt point du prix d'une chaîne ſi belle :

MORPHE'E, PHOBETOR, & PHANTASE.

Mais ſouvien-toy que la Beauté,
Quand elle eſt immortelle,
Demande la fidelité
D'une amour éternelle.

PHANTASE.

Que l'Amour a d'attraits
Lors qu'il commence
A faire ſentir ſa puiſſance,
Que l'Amour a d'attraits
Lors qu'il commence
Pour ne finir jamais.

Les ſonges funeſtes approchent d'Atys, & le menacent de la vengeance de Cybele s'il meſpriſe ſon amour, & s'il ne l'ayme pas avec fidelité.

UN SONGE FUNESTE.

Garde-toy d'offencer un amour glorieux,
C'eſt pour toy que Cybele abandonne les Cieux
Ne trahis point ſon eſperance.

Il n'est point pour les Dieux de mespris innocent,
Ils sont jaloux des Cœurs, ils ayment la vengeance,
Il est dangereux qu'on offence
Vn amour tout-puissant.

CHOEUR DE SONGES FUNESTES.

L'amour qu'on outrage
Se transforme en rage,
Et ne pardonne pas
Aux plus charmants appas.
Si tu n'aymes point Cybele
D'une amour fidelle,
Malheureux, que tu souffriras !
Tu periras :
Crains une vengeance cruelle,
Tremble, crains un affreux trépas.

Atys espouvanté par les Songes funestes, se resveille en sursaut, le Sommeil & les Songes disparoissent avec l'Antre où ils estoient, & Atys se retrouve dans le mesme Palais où il s'estoit endormy.

SCENE CINQUIESME.

ATYS, CYBELE, & MELISSE.

ATYS.

VEnez à mon secours ô Dieux! ô justes Dieux!

CYBELE.

Atys, ne craignez rien, Cybele, est en ces lieux.

ATYS.

Pardonnez au defordre où mon cœur s'abandonne;
C'est un fonge...

CYBELE.

Parlez, quel fonge vous eftonne?
Expliquez moy voftre embaras.

ATYS.

Les fonges font trompeurs, & je ne les croy pas.
Les plaifirs & les peines
Dont en dormant on eft féduit,
Sont des chimeres vaines
Que le refveil détruit.

CYBELE.

Ne mefprifez pas tant les fonges
L'Amour peut emprunter leur voix,
S'ils font fouvent des menfonges
Ils difent vray quelquefois.
Ils parloiët par mon ordre, & vous les devez croire.

ATYS.

O Ciel?

CYBELE.

N'en doutez point, connoiffez voftre gloire.
Refpondez avec liberté,
Je vous demäde un cœur qui defpend de luy-mefme.

ATYS.

Vne grande Divinité
Doit s'affûrer toûjours de mon refpect extrefme.

CYBELE.

Les Dieux dans leur grandeur supresme
Reçoivent tant d'honneurs qu'ils en sont rebutez,
Ils se lassent souvent d'estre trop respectez,
Ils sont plus contents qu'on les ayme.

ATYS.

Je sçay trop ce que je vous doy
Pour manquer de reconnoissance ....

SCENE SIXIESME.

SANGARIDE, CYBELE, ATYS, MELISSE.

SANGARIDE se jettant aux pieds de Cybele.

I'*Ay recours à vostre puissance ;*
Reyne des Dieux, protegez-moy.
L'interest d'Atys vous en presse ....

ATYS interrompant Sangaride.

Je parleray pour vous, que vostre crainte cesse.

SANGARIDE.

Tous deux unis des plus beaux nœuds ....

ATYS interrompant Sangaride.

Le sang & l'amitié nous unissent tous deux.
Que vostre secours la délivre
Des loix d'un Hymen rigoureux,
Ce sont les plus doux de ses vœux
De pouvoir à jamais vous servir & vous suivre.

A T Y S
CYBELE.
Les Dieux sont les protecteurs
De la liberté des cœurs.
Allez, ne craignez point le Roy ny sa colere,
J'auray soin d'appaiser
Le Fleuve Sangar vostre Pere;
Atys veut vous favoriser,
Cybele en sa faveur ne peut rien refuser.
A T Y S.
Ah! c'en est trop ...
CYBELE.
Non, non, il n'est pas necessaire
Que vous cachiez vostre bonheur,
Ie ne prétens point faire
Vn vain mystere
D'un amour qui vous fait honneur.
Ce n'est point à Cybelle à craindre d'en trop dire.
Il est vray, j'ayme Atys, pour luy j'ay tout quitté,
Sans luy je ne veux plus de grandeur ny d'Empire,
Pour ma felicité
Son cœur seul peut suffire.
Allez, Atys luy-mesme ira vous garentir
De la fatale violence
Où vous ne pouvez consentir.
                        Sangaride se retire.

CYBELE parle à Atys.
Laissez-nous, attendez mes ordres pour partir,
Ie prétens vous armer de ma toute-puissance.

SCENE SEPTIESME.

CYBELE, MELISSE.

CYBELE.

QV' Atys dans ses respects mesle d'indifference!
L'Ingrat Atys ne m'ayme pas ;
L'Amour veut de l'amour, tout autre prix l'offence,
Et souvent le respect & la reconnoissance
Sont l'excuse des cœurs ingrats.

MELISSE.

Ce n'est pas un si grand crime
De ne s'exprimer pas bien,
Vn cœur qui n'ayma jamais rien
Sçait peu comment l'amour s'exprime.

CYBELE.

Sangaride est aymable, Atys peut tout charmer,
Ils tesmoignent trop s'estimer,
Et de simples parents font moins d'intelligence :
Ils se sont aymez dés l'enfance,
Ils pourroient enfin trop s'aymer.
Ie crains une amitié que tant d'ardeur anime.
Rien n'est si trompeur que l'estime :
C'est un nom supposé
Qu'on donne quelquefois à l'amour desguisé.
Ie prétens m'esclaircir leur feinte sera vaine.

MELISSE.

Quels secrets par les Dieux ne sont point penetrez ?

Deux cœurs à feindre preparez
Ont beau cacher leur chaîne,
On abuse avec peine
Les Dieux par l'Amour esclairez.

CYBELE.

Va, Melisse, donne ordre à l'aymable Zephire
D'accomplir promptement tout ce qu'Atys desire.

SCENE HUITIESME.

CYBELE seule.

Espoir si cher, & si doux,
Ah! pourquoy me trompez-vous?
Des suprémes grãdeurs vous m'avez fait descẽdre,
Mille Cœurs m'adoroient, je les neglige tous,
Je n'en demande qu'un, il a peine à se rendre;
Je ne sens que chagrins, & que soupçons jaloux;
Est-ce le sort charmant que je devois attendre?
Espoir si cher, & si doux,
Ah! pourquoy me trompez-vous?
Helas! par tant d'attraits falloit-il me surprendre?
Heureuse, si toûjours j'avois pû m'en deffendre!
L'Amour qui me flattoit me cachoit son couroux:
C'est donc pour me fraper des plus funestes coups,
Que le cruel Amour m'a fait un cœur si tendre?
Espoir si cher, & si doux,
Ah! pourquoy me trompez-vous?

Fin du troisième Acte.

ACTE

ACTE QUATRIESME.

Le Theatre change & represente le Palais
du Fleuve Sangar.

SCENE PREMIERE.

SANGARIDE, DORIS, IDAS.

DORIS.

*Voy, vous pleurez?*

IDAS.

D'où vient vostre peine nouvelle?

DORIS.

N'osez-vous découvrir vostre amour à Cybele?

SANGARIDE.

Helas!

DORIS, & IDAS.

Qui peut encor redoubler vos ennuis?

F

SANGARIDE.

Helas! j'aime.... helas! j'aime....

DORIS, & IDAS.

Achevez.

SANGARIDE.

Je ne puis.

DORIS, & IDAS.

L'Amour n'est guere heureux lorsqu'il est trop ti-
mide.

SANGARIDE.

Helas! j'aime un perfide
Qui trahit mon amour;
La Déesse aime Atys, il change en moins d'un jour,
Atys comblé d'honneurs n'aime plus Sangaride.
Helas! j'aime un perfide
Qui trahit mon amour.

DORIS, & IDAS.

Il nous montroit tantost un peu d'incertitude;
Mais qui l'eust soupçonné de tant d'ingratitude?

SANGARIDE.

J'embarassois Atys, je l'ay veu se troubler:
Je croyois devoir reveler
Nostre amour à Cybele;
Mais l'ingrat, l'infidelle,
M'empéchoit toûjours de parler.

DORIS, & IDAS.

Peut-on changer si-tost quãd l'Amour est extréme?

Gardez-vous, gardez-vous
De trop croire un esprit jaloux.

SANGARIDE.

Cybele hautement declare qu'elle l'aime,
Et l'ingrat n'a trouvé cét honneur que trop doux ;
Il change en un moment, je veux changer de mesme,
J'accepteray sans peine un glorieux espoux,
Je ne veux plus aimer que la grandeur supresme.

DORIS, & IDAS.

Peut-on changer si-tost quand l'amour est extresme ?
Gardez-vous, gardez-vous
De trop croire un transport jaloux.

SANGARIDE.

Trop heureux un cœur qui peut croire
Un dépit qui sert à sa gloire.
Revenez ma Raison, revenez pour jamais,
Joignez-vous au Dépit pour estouffer ma flâme,
Reparez, s'il se peut, les maux qu'Amour m'a faits,
Venez restablir dans mon ame
Les douceurs d'une heureuse paix ;
Revenez, ma Raison, revenez pour jamais.

IDAS, & DORIS.

Une infidelité cruelle
N'efface point tous les appas
D'un infidelle,
Et la raison ne revient pas
Si-tost qu'on l'a rappelle.

F ij

SANGARIDE.

Aprés une trahison
Si la raison ne m'éclaire,
Le dépit & la colere
Me tiendront lieu de raison.

SANGARIDE, DORIS, IDAS.

Qu'une premiere amour est belle?
Qu'on a peine à s'en dégager!
Que l'on doit plaindre un cœur fidelle
Lorsqu'il est forcé de changer.

SCENE SECONDE.

CELÆNVS, SVIVANS DE CELÆNVS,
SANGARIDE, IDAS, & DORIS.

CELÆNUS.

BElle Nymphe, l'Hymen va suivre mon envie,
L'Amour avec moy vous convie
A venir vous placer sur un Thrône éclatant,
J'aproche avec transport du favorable instant
D'où despend la douceur du reste de ma vie:
Mais malgré les appas du bonheur qui m'attent,
Malgré tous les transports de mon ame amoureuse,
Si je ne puis vous rendre heureuse,
Je ne seray jamais content.

Je fais mon bonheur de vous plaire,
J'attache à voftre cœur mes defirs les plus doux.

SANGARIDE.

Seigneur, j'obeïray, je deffens de mon Pere,
Et mon Pere aujourd'huy veut que je fois à vous.

CELÆNUS.

Regardez mon amour, pluftoft que ma Couronne.

SANGARIDE.

Ce n'eft point la grandeur qui me peut efbloüir.

CELÆNUS.

Ne fçauriez-vous m'aimer fans que l'on vous l'or-
donne.

SANGARIDE.

Seigneur contentez-vous que je fçache obeïr,
En l'eftat où je fuis c'eft ce que je puis dire....

SCENE TROISIESME.

ATYS, CELÆNVS, SANGARIDE,
DORIS, IDAS, Suivans de Celænus.

CELÆNUS.

VOftre cœur fe trouble, il foûpire.

SANGARIDE.

Expliquez en voftre faveur
Tout ce que vous voyez de trouble dans mon cœur.

CELÆNUS.

Rien ne m'allarme plus, Atys, ma crainte eft vaine,
Mon amour touche enfin le cœur de la Beauté

Dont je suis enchanté :
Toy qui fûs tesmoin de ma peine,
Cher Atys, sois tesmoin de ma felicité.
Peux-tu la concevoir? non, il faut que l'on aime,
Pour juger des douceurs de mon bonheur extresme.
Mais, prés de voir combler mes vœux,
Que les moments sont longs pour mon cœur amou-
reux !
Vos Parents tardent trop, je veux aller moy-mesme
Les presser de me rendre heureux.

SCENE QUATRIESME.

ATYS, SANGARIDE.

ATYS.

Qu'il sçait peu son malheur ! & qu'il est dé-
plorable !
Son amour meritoit un sort plus favorable :
J'ay pitié de l'erreur dont son cœur s'est flatté.

SANGARIDE.

Espargnez-vous le soin d'estre si pitoyable,
Son amour obtiendra ce qu'il a merité.

ATYS.

Dieux ! qu'est-ce que j'entends !

SANGARIDE.

Qu'il faut que je me vange,
Que j'aime enfin le Roy, qu'il sera mon espoux.

ATYS.

Sangaride, eh d'où vient ce changement eſtrange ?

SANGARIDE.

N'eſt-ce pas vous, ingrat, qui voulez que je change ?

ATYS.

Moy !

SANGARIDE.

Quelle trahiſon !

ATYS.

Quel funeſte couroux !

ATYS, & SANGARIDE.

Pourquoy m'abandonner pour une amour nouvelle ?
Ce n'eſt pas moy qui rompt une chaiſne ſi belle.

ATYS.

Beauté trop cruelle, c'eſt vous.

SANGARIDE.

Amant infidelle, c'eſt vous.

ATYS.

Ah ! c'eſt vous, Beauté trop crueüe.

SANGARIDE.

Ah ! c'eſt vous Amant infidelle.

ATYS, & SANGARIDE.

Beauté trop cruelle, c'eſt vous,
Amant infidelle, c'eſt vous,
Qui rompez des liens ſi doux.

SANGARIDE.

Vous m'avez immolée à l'amour de Cybele.

ATYS.

Il est vray qu'à ses yeux, par un secret effroy,
J'ay voulu de nos cœurs cacher l'intelligence :
Mais ce n'est que pour vous que j'ay crain sa ven-
    geance,
      Et je ne la crains pas pour moy.
Cybele m'ayme en vain, & c'est vous que j'adore.

SANGARIDE.

    Aprés vostre infidelité,
    Auriez-vous bien la cruauté
    De vouloir me tromper encore ?

ATYS.

    Moy ! vous trahir ? vous le pensez ?
    Ingrate, que vous m'offencez !
    Hé bien, il ne faut plus rien taire,
Je vais de la Déesse attirer la colere,
M'offrir à sa fureur, puisque vous m'y forcez…

SANGARIDE.

Ah ! demeurez, Atys, mes soupçons sont passez ;
Vous m'aimez, je le croy, j'en veux estre certaine.
    Je le souhaite assez,
    Pour le croire sans peine.

ATYS.

Je jure,

SANGARIDE.

    Je promets,

ATYS & SANGARIDE.

De ne changer jamais.

SANGARIDE.

SANGARIDE.

Quel tourment de cacher une si belle flame.

ATYS.

Redoublons-en l'ardeur dans le fonds de nostre ame.

ATYS & SANGARIDE.

Aimons en secret, aimons-nous :
Aimons plusque jamais, en dépit des Jaloux.

SANGARIDE.

Mon Pere vient icy,

ATYS.

Que rien ne vous estonne;
Servons-nous du pouvoir que Cybele me donne,
Je vais preparer les Zephirs·
A suivre nos desirs.

SCENE CINQUIESME.

SANGARIDE, CELÆNVS, LE DIEu Du FLEVVE SANGAR, TROuPE DE DIEuX DE FLEVVES, DE RuISSEAuX, ET DE DIVINITEZ DE FONTAINES.

Le Fleuve Sangar. Monsieur Goudonesche.

Suite du Fleuve Sangar.

Douze grands Dieux de Fleuves chantants.
Messieurs Destival, Langeais, David, la Forest, Rebel,
Baumaviel, Rossignol, Gaudin, Deschamps,
Ribon, Godechot, & Beaupuits

G

Cinq Dieux de Fleuves joüans de la Flutte.

Les Sieurs Joseph Piesche, Louis Hotterre, Philidor l'aisné, Jeannot Hottere, & Philidor cadet.

Quatre divinitez de Fontaines, & quatre Dieux de Fleuves chantants & dançants.

Quatre Divinitez de Fontaines. Mesdemoiselles Verdier, André, Cailliot & Sainte Colombe.

Deux Dieux de Fleuves. Messieurs Noblet & Taulet.

Deux Dieux de Fleuves dançants ensemble. Messieurs Magny & Pecour.

Deux petits Dieux de Ruisseaux chantants & dançants. Les sieurs David & Lanneau Pages.

Quatre petits Dieux de Ruisseaux dançants. Les sieurs Prevost, Chevalier, Chaalons, & Nivelon.

Six grands Dieux de Fleuves dançants.

Messieurs Lestang l'aisné, Bonnard, Barasé, Bouteville, Lestang cadet, & Dolivet l'aisné.

Deux vieux Dieux de Fleuues & deux vieilles Fontaines dançantes.

Deux vieux Dieux de Fleuves dançants. Messieurs Dolivet pere, & le Chantre.

Deux vieilles Nymphes de Fontaines dançantes. Messieurs Foignard cadet, & Dolivet cadet.

Le Dieu du Fleuve Sangar.

O Vous, qui prenez part au bien de ma famille,
Vous, venerables Dieux des Fleuves les plus
grands,

TRAGEDIE. 51

Mes fidelles Amis, & mes plus chers Parents,
Voyez quel est l'Espoux que je donne à ma fille:
J'ay pris soin de choisir entre les plus grands Roys.

Chœur de Dieux de Fleuves.

Nous aprouvons vostre choix.

Le Dieu du Fleuve Sangar.

Il a Neptune pour son Pere,
Les Phrygiens suivent ses Loix;
J'ay cru ne pouvoir faire
Un choix plus digne de vous plaire.

Chœur de Dieux de Fleuves.

Tous, d'une commune voix,
Nous aprouvons vostre choix.

Le Dieu du Fleuve Sangar.

Que l'on chante, que l'on dance,
Rions tous lors qu'il le faut;
Ce n'est jamais trop tost
Que le plaisir commence.
On trouve bien-tost la fin
Des jours de réjouïssance,
On a beau chasser le chagrin,
Il revient plustost qu'on ne pense.

Le Dieu du Fleuve Sangar, & le Chœur.

Que l'on chante, que l'on dance,
Rions tous lors qu'il le faut;

G ij

Ce n'est jamais trop tost
Que le plaisir commence :
Que l'on chante, que l'on dance,
Rions tous lors qu'il le faut.

Dieux de Fleuves, Divinitez de Fontaines, & de
Ruisseaux, chantants & dançants ensemble.

LA Beauté la plus severe
Prend pitié d'un long tourment,
Et l'Amant qui persevere
Devient un heureux Amant.
Tout est doux, & rien ne coûte
Pour un cœur qu'on veut toucher,
L'onde se fait une route
En s'efforçant d'en chercher,
L'eau qui tombe goute à goute
Perce le plus dur Rocher.

❦

L'Hymen seul ne sçauroit plaire,
Il a beau flatter nos vœux ;
L'Amour seul a droit de faire
Les plus doux de tous les nœuds.
Il est fier, il est rebelle,
Mais il charme tel qu'il est ;
L'Hymen vient quand on l'appelle,
L'Amour vient quand il luy plaist.

❦

Il n'est point de resistance
Dont le temps ne vienne à bout,
Et l'effort de la constance
A la fin doit vaincre tout.
Tout est doux, & rien ne coûte
Pour un cœur qu'on veut toucher,
L'onde se fait une route
En s'efforçant d'en chercher,
L'eau qui tombe goute à goute
Perce le plus dur Rocher.

L'Amour trouble tout le Monde,
C'est la source de nos pleurs;
C'est un feu brûlant dans l'onde,
C'est l'écueil des plus grands cœurs:
Il est fier, il est rebelle,
Mais il charme tel qu'il est;
L'Hymen vient quand on l'appelle,
L'Amour vient quand il luy plaist.

Vn Dieu de Fleuve & une Divinité de Fontaine,
dançent & chantent ensemble.

D'Vne constance extresme,
Vn Ruisseau suit son cours;
Il en sera de mesme
Du choix de mes amours,
Et du moment que j'aime
C'est pour aimer toûjours.

Jamais un cœur volage
Ne trouve un heureux sort,
Il n'a point l'avantage
D'estre long-temps au port,
Il cherche encor l'orage
Au moment qu'il en sort.

Chœur de Dieux de Fleuves, & de Divinitez de Fontaines.

Vn grand calme est trop fascheux,
Nous aimons mieux la tourmente.
Que sert un cœur qui s'exempte
De tous les soins amoureux ?
A quoy sert une eau dormante ?
Vn grand calme est trop fascheux,
Nous aimons mieux la tourmente.

SCENE SIXIESME.

ATYS, Troupe de Zephirs volants, SANGARIDE, CELÆNVS, Le Dieu du Fleuve Sangar, Troupe de Dieux de Fleuves, de Ruisseaux, et de Divinitez de Fontaines.

Chœur de Dieux de Fleuves, & de Fontaines.

Venez former des nœuds charmants,
Atys, venez unir ces bien-heureux Amants.

ATYS.

Cét Hymen deſplaiſt à Cybele,
Elle deffend de l'achever :
Sangaride eſt un bien qu'il faut luy reſerver,
Et que je demande pour elle.

Chœur.

Ah quelle loy cruelle !

CELÆNUS.

Atys peut s'engager luy-meſme à me trahir ?
Atys contre moy s'intereſſe ?

ATYS.

Seigneur, je ſuis à la Deeſſe,
Dés qu'elle a commandé, je ne puis qu'obeïr.

Le Dieu du Fleuve Sangar.

Pourquoy faut-il qu'elle ſepare
Deux illuſtres Amants pour qui l'Hymen prepare
Ses liens les plus doux ?

Chœur.

Oppoſons-nous
A ce deſſein barbare.

ATYS élevé ſur un nuage.

Aprenez, audacieux,
Qu'il n'eſt rien qui n'obeïſſe

Aux souveraines Loix de la Reyne des Dieux.
Qu'on nous enleve de ces lieux ;
Zephirs, que sans tarder mon ordre s'accomplisse.

Les Zephirs volent, & enlevent Atys
& Sangaride.

CHOEUR.

Quelle injustice !

Fin du quatriesme Acte.

ACTE V.

ACTE CINQUIESME.

Le Theatre change & reprefente des Jardins agreables.

SCENE PREMIERE.

CELÆNVS, CYBELE, MELISSE.

CELÆNUS.

 *Ous m'oftez Sangaride? inhumaine Cy-*
belle ;
    Eft-ce le prix du zele
Que j'ay fait avec foin éclater à vos
  yeux ?
Preparez-vous ainfi la douceur eternelle
   Dont vous devez combler ces lieux ?
Eft-ce ainfi que les Roys font protegez des Dieux?
    Divinité cruelle,
   Defcendez-vous exprés des Cieux
   Pour troubler un amour fidelle?
Et pour venir m'ofter ce que j'aime le mieux ?

        H

CYBELE.

J'aimois Atys, l'Amour a fait mon injustice ;
Il a pris soin de mon suplice ;
Et si vous estes outragé,
Bien-tost vous serez trop vangé.
Atys adore Sangaride.

CÉLÆNUS.

Atys l'adore ? ah le perfide !

CYBELE

L'Ingrat vous trahissoit, & vouloit me trahir :
Il s'est trompé luy-mesme en croyant m'ébloüir.
Les Zephirs l'ont laissé, seul, avec ce qu'il aime,
Dans ces aimables lieux ;
Je m'y suis cachée à leurs yeux ;
J'y viens d'estre témoin de leur amour extresme.

CELÆNUS.

O Ciel ! Atys plairoit aux yeux qui m'ont charmé ?

CYBELE.

Eh pouvez-vous douter qu' Atys ne soit aimé ?
Non, non, jamais amour n'eut tant de violence,
Ils ont juré cent fois de s'aimer malgré nous,
Et de braver nostre vengeance ;
Ils nous ont appellez cruels, tyrans, jaloux ;
Enfin leurs cœurs d'intelligence,
Tous deux... ah je fremis au moment que j'y pense !

Tous deux s'abandonoient à des transports si doux,
Que je n'ay pû garder plus long-temps le silence:
Ny retenir l'éclat de mon juste courroux.

CELÆNUS.

La mort est pour leur crime une peine legere.

CYBELE.

Mon cœur à les punir est assez engagé;
Je vous l'ay déja dit, croyez-en ma colere,
Bien-tost vous serez trop vangé.

SCENE SECONDE.

ATYS, SANGARIDE, CYBELE,
CELÆNVS, MELISSE, Troupe
de Prestresses de Cybele.

CYBELE & CELÆNUS.

Venez vous livrer au suplice.

ATYS, & SANGARIDE.

Quoy la Terre & le Ciel contre nous sont armez?
Souffrirez-vous qu'on nous punisse?

CYBELE, & CELÆNUS.

Oubliez-vous vostre injustice?

ATYS & SANGARIDE.

Ne vous souvient-il plus de nous avoir aimez?

CYBELE & CELÆNUS.

Vous changez mon amour en haine legitime.

ATYS & SANGARIDE.

Pouvez-vous condamner
L'Amour qui nous anime?
Si c'est un crime,
Quel crime est plus à pardonner?

CYBELE & CELÆNUS.

Perfide, deviez-vous me taire
Que c'estoit vainement que je voulois vous plaire?

ATYS & SANGARIDE.

Ne pouvant suivre vos desirs,
Nous croyons ne pouvoir mieux faire
Que de vous épargner de mortels déplaisirs.

CYBELE.

D'un suplice cruel craignez l'horreur extresme.

CYBELE & CELÆNUS.

Craignez un funeste trépas.

ATYS & SANGARIDE.

Vangez-vous, s'il le faut, ne me pardonnez pas,
Mais pardonnez à ce que j'aime.

CYBELE & CELÆNUS.

C'est peu de nous trahir, vous nous bravez, Ingrats?

ATYS & SANGARIDE.

Serez-vous sans pitié?

CYBELE & CELÆNUS.

　　　　　　Perdez toute esperance.

ATYS & SANGARIDE.

L'Amour nous a forcez à vous faire une offence,
Il demande grace pour nous.

CYBELE & CELÆNUS.

L'Amour en couroux
Demande vengeance.

CYBELE.

Toy, qui portes par tout & la rage & l'horreur,
Cesse de tourmenter les criminelles Ombres,
Vien, cruelle Alecton, sors des Royaumes sombres,
Inspire au cœur d'Atys ta barbare fureur.

SCENE TROISIESME.

ALECTON, ATYS, SANGARIDE,
CYBELE, CELÆNVS, MELISSE,
IDAS, DORIS, TROUPE DE PRES-
TRESSES DE CYBELE, CHOEUR DE
PHRYGIENS.

Alecton sort des Enfers, tenant à la main un
Flambeau qu'elle secouë en volant & en
passant au dessus d'Atys.

ATYS.

Ciel ! quelle vapeur m'environne !
Tous mes sens sont troublez, je fremis, je
frissonne,

Je tremble, & tout à coup, une infernale ardeur
Vient enflammer mon sang, & devorer mon cœur.
Dieux! que vois-je? le Ciel s'arme contre la Terre?
Quel desordre! quel bruit! quel éclat de tonnerre!
Quels abysmes profonds sous mes pas sont ouverts!
Que de fantosmes vains sont sortis des Enfers!

Il parle à Cybele, qu'il prend pour Sangaride.

Sangaride, ah fuyez, la mort que vous prepare
     Une Divinité barbare:
C'est vostre seul peril qui cause ma terreur.

SANGARIDE.

Atys reconnoissez vostre funeste erreur.

ATYS prenant Sangaride pour un Monstre.

Quel Monstre vient à nous! quelle fureur le guide!
Ah respecte, cruel, l'aimable Sangaride.

SANGARIDE.

Atys, mon cher Atys.

ATYS.

     Quels hurlements affreux!

CELÆNUS à Sangaride.

Fuyez, sauvez-vous de sa rage.

ATYS tenant à la main le cousteau sacré
qui sert aux Sacrifices.

Il faut combatre; Amour, seconde mon courage.

ATYS court aprés Sangaride qui fuit dans un
des costez du Theatre.

TRAGEDIE.

CELÆNUS, & Le Chœur.

Arreste, arreste malheureux.

CELÆNUS court aprés Atys.

SANGARIDE dans un des costez du Theatre.

Atys!

Le Chœur.

O Ciel!

SANGARIDE.

Je meurs.

Le Chœur.

Atys, Atys luy-mesme,
Fait perir ce qu'il aime!

CELÆNUS revenant sur le Theatre.

Je n'ay pû retenir ses efforts furieux,
Sangaride expire à vos yeux.

CYBELE.

Atys me sacrifie une indigne Rivale.
Partagez avec moy la douceur sans esgale,
Que l'on gouste en vengeant un amour outragé.
Je vous l'avois promis.

CELÆNUS.

O promesse fatale!
Sangaride n'est plus, & je suis trop vangé.

Celænus se retire au costé du Theatre, où est Sangaride morte.

SCENE QVATRIESME.

ATYS, CYBELE, MELISSE, IDAS, CHŒUR DE PHRYGIENS.

ATYS.

Qve je viens d'immoler une grande Victime !
Sangaride est sauvée, & c'est par ma valeur.

CYBELE touchant Atys.

Acheve ma vengeance, Atys, connoy ton crime,
Et repren ta raison pour sentir ton malheur.

ATYS.

Un calme heureux succede aux troubles de mon
    cœur,
        Sangaride, Nymphe charmante,
Qu'estes-vous devenuë ? où puis-je avoir recours ?
        Divinité toute puissante,
Cybele, ayez pitié de nos tendres amours,
Rendez-moy, Sangaride, espargnez ses beaux jours.

CYBELE montrant à Atys Sangaride morte.

Tu la peux voir, regarde.

ATYS.

                Ah quelle barbarie !
    Sangaride a perdu la vie !
Ah quelle main cruelle ! ah quel cœur inhumain !...

CYBELE.

Les coups dont elle meurt sont de ta propre main.

ATYS.

ATYS.

Moy, j'aurois immolé la Beauté qui m'enchante ?
O Ciel! ma main sanglante
Est de ce crime horrible un tesmoin trop certain !

Le Chœur.

Atys, Atys luy-mesme,
Fait perir ce qu'il aime.

ATYS.

Quoy, Sangaride est morte ? Atys est son boureau !
Quelle vengeance ô Dieux! quel supplice nouveau !
Quelles horreurs sont comparables
Aux horreurs que je sens ?
Dieux cruels, Dieux impitoyables,
N'estes-vous tout-puissants
Que pour faire des miserables?

CYBELE..

Atys, je vous ay trop aimé :
Cét amour par vous-mesme en couroux transformé
Fait voir encor sa violence :
Jugez, Ingrat, jugez en ce funeste jour,
De la grandeur de mon amour
Par la grandeur de ma vengeance.

ATYS.

Barbare! quel amour qui prend soin d'inventer
Les plus horribles maux que la rage peut faire !
Bien-heureux qui peut éviter
Le malheur de vous plaire.
O Dieux! injustes Dieux! que n'estes-vous mortels?

I

Faut-il que pour vous seuls vous gardiez la ven-
    geance?
C'est trop, c'est trop souffrir leur cruelle puissance,
Chassons les d'icy bas, renversons leurs autels.
Quoy, Sangaride est morte? Atys, Atys luy-mesme
       Fait perir ce qu'il aime?

Le Chœur.

   Atys, Atys luy-mesme
   Fait perir ce qu'il aime.

CYBELE ordonnant d'emporter le corps de Sangaride morte.
Ostez ce triste objet.

A T Y S.

      Ah ne m'arrachez pas
Ce qui reste de tant d'appas?
En fussiez-vous jalouse encore,
   Il faut que je l'adore
Jusques dans l'horreur du trépas.

SCENE CINQUIESME.

CYBELE, MELISSE.

CYBELE.

JE commence à trouver sa peine trop cruelle,
   Une tendre pitié rapelle
L'Amour que mon couroux croyoit avoir banny,
Ma Rivale n'est plus, Atys n'est plus coupable,

Qu'il est aisé d'aimer un criminel aimable
Aprés l'avoir puny.
Que son desespoir m'espouvante !
Ses jours sont en peril, & j'en fremis d'effroy :
Je veux d'un soin si cher ne me fier qu'à moy,
Allons...mais quel spectacle à mes yeux se presente ?
C'est Atys mourant que je voy !

SCENE SIXIESME.

ATYS, IDAS, CYBELE, MELISSE,
PRESTRESSES DE CYBELE.

IDAS soûtenant Atys.

IL s'est percé le sein, & mes soins pour sa vie
N'ont pu prevenir sa fureur.

CYBELE.

Ah c'est ma barbarie,
C'est moy, qui luy perce le cœur.

ATYS.

Je meurs, l'Amour me guide
Dans la nuit du Trépas ;
Je vais où sera Sangaride,
Inhumaine, je vais, où vous ne serez pas.

CYBELE.

Atys, il est trop vray, ma rigueur est extresme,
Plaignez-vous, je veux tout souffrir.

Pourquoy fuis-je immortelle en vous voyant perir?

A T Y S, & C Y B E L E.

Il eſt doux de mourir
Avec ce que l'on aime.

C Y B E L E.

Que mon amour funeſte armé contre moy-meſme,
Ne peut-il vous venger de toutes mes rigueurs.

A T Y S.

Je ſuis aſſez vengé, vous m'aimez, & je meurs.

C Y B E L E.

Malgré le Deſtin implacable
Qui rend de ton trépas l'arreſt irrevocable,
Atys, ſois à jamais l'objet de mes amours :
Reprens un ſort nouveau, deviens un Arbre ai-
mable
Que Cybele aimera toûjours.

A T Y S prend la forme de l'Arbre aimé de la Déeſſe Cybele,
que l'on appelle Pin.

C Y B E L E.

Venez furieux Corybantes,
Venez joindre à mes cris vos clameurs eſclatantes ;
Venez, Nymphes des Eaux, venez, Dieux des
Foreſts,
Par vos plaintes les plus touchantes
Secondez mes triſtes regrets.

SCENE SEPTIESME,
ET DERNIERE.

CYBELE, Troupe de Nymphes des Eaux, Troupe de Divinitez des Bois, Troupe de Corybantes.

Quatre Nymphes chantantes. Mesdemoiselles Piesche, André, Sainte Colombe, & Cailliot.

Huit Dieux des Bois chantants. Messieurs Langeais, Frizon, Miracle, Godechot, Ribon, Aubin, Beaupuits, & Forestier.

Quatorze Corybantes chantantes.
Messieurs Destival, Bernard, David, de Masse, Huart, Jollain, Deschamps, Gaudin, du Tartre, Taulet, Buffequin, du Four, Marolle & Datys.

Quatre Pages. Les sieurs Lanneau, David, de Lorme, & Paisible.

Huit Corybantes dançantes.
Messieurs Pezant, Joubert, Mayeux, le Chantre, Dezerts, Foignard cadet, Favier cadet, & Charlot.

Trois Dieux des Bois, dançants.
Messieurs Germain, Chauveau, & de Benne.

Trois Nymphes dançantes.
Messieurs Boyer, le Doux, & Vaignard.

CYBELE.

A Tys, l'aimable *Atys*, malgré tous ses attraits,
Descend dans la nuit éternelle ;

Mais malgré la mort cruelle,
L'amour de Cybele
Ne mourra jamais.
Sous une nouvelle figure,
Atys est ranimé par mon pouvoir divin ;
Celebrez son nouveau destin,
Pleurez sa funeste avanture.

Chœur des Nymphes des Eaux, & des Divinitez des Bois.

Celébrons son nouveau destin,
Pleurons sa funeste avanture.

CYBELE.

Que cét Arbre sacré
Soit reveré
De toute la Nature.
Qu'il s'esleve au dessus des Arbres les plus beaux :
Qu'il soit voisin des Cieux, qu'il regne sur les Eaux ;
Qu'il ne puisse brûler que d'une flame pure.
Que cét Arbre sacré
Soit reveré
De toute la Nature.

Le Chœur repete ces trois derniers Vers.

CYBELE.

Que ses rameaux soient toûjours verds :
Que les plus rigoureux Hyvers.
Ne leur fassent jamais d'injure.

Que cét Arbre sacré
Soit reveré
De toute la Nature.

Le Chœur repete ces trois derniers Vers.

CYBELE, & le Chœur des Divinitez des Bois & des Eaux.

Quelle douleur!

CYBELE, & le Chœur des Corybantes.

Ah! quelle rage!

CYBELE, & Les Chœurs.

Ah! quel malheur!

CYBELE.

Atys au printemps de son âge,
Perit comme une fleur
Qu'un soudain orage
Renverse & ravage,

CYBELE, & le Chœur des Divinitez des Bois, & des Eaux.

Quelle douleur!

CYBELE, & le Chœur des Corybantes.

Ah! quelle rage!

CYBELE, & les Chœurs.

Ah! quel malheur!

Les Divinitez des Bois & des Eaux, avec les Corybantes, honorent le nouvel Arbre , & le consacrent à Cybele. Les regrets des Divinitez des Bois & des Eaux, & les cris des Corybantes,

font fecondez & terminez par des tremblemens
de Terre, par des Efclairs, & par des efclats de
Tonnerre.

CYBELE, & le Chœur des Divinitez
des Bois, & des Eaux.

Que le malheur d'Atys afflige tout le monde.

CYBELE, & le Chœur des Corybantes.

Que tout fente, icy bas,
L'horreur d'un fi cruel trépas.

CYBELE, & le Chœur des Divinitez
des Bois, & des Eaux.

Penetrons tous les Cœurs d'une douleur profonde :
Que les Bois, que les Eaux, perdent tous leurs appas.

CYBELE, & le Chœur des Corybantes.

Que le Tonnerre nous refponde :
Que la Terre fremiffe, & tremble fous nos pas.

CYBELE, & le Chœur des Divinitez
des Bois, & des Eaux.

Que le malheur d'Atys afflige tout le monde.

Tous enfemble.

Que tout fente, icy bas,
L'horreur d'un fi cruel trépas.

Fin du cinquiéme, & dernier Acte.

www.ingramcontent.com/pod-product-compliance
Lightning Source LLC
Chambersburg PA
CBHW060455260626
47161CB00005B/2117